I0613470

INVENTAIRE
Yé23-360

OCTAVE GIRAUD

# FLEURS DES ANTILLES

## POÉSIES

P. M.

PARIS

POULET-MALASSIS, ÉDITEURS

97, rue Richelieu, 97

1862

# FLEURS DES ANTILLES

Ye

23360

# OUVRAGES DU MÊME AUTEUR :

RÊVES D'AVENIR (Poésies), in-18. 1 volume.

L'ABOLITION DE L'ESCLAVAGE, Brochure in-18.

12,923 — ABBEVILLE, IMP..R. HOUSSE

## OCTAVE GIRAUD

DÉPÔT LÉGAL
1862

—

# FLEURS DES ANTILLES

## POÉSIES

P. M.

PARIS

POULET - MALASSIS, ÉDITEUR

97, rue Richelieu, 97

—

1862

# COURTE PRÉFACE

# COURTE PRÉFACE

Ce volume a une physiononie particulière; il peint un ciel, un climat, des mœurs qui forment un contraste frappant avec le ciel, le climat, les mœurs de la vieille Europe. Cette circonstance doit en faire l'originalité si l'exécution répond au sujet lui-même.

Je suis né aux Antilles. Plein des souvenirs de l'enfance, je brûlais depuis longtemps d'aller revoir mon berceau, d'aller saluer mon soleil. Ce berceau, c'était une petite île semée de bananiers, de cocotiers et de palmistes ! Ce soleil, c'était l'astre éclatant qui fait mûrir le fruit du manguier et qui féconde les champs de cannes !

J'ai essayé de peindre toutes mes sensations, depuis l'heure du départ jusqu'au moment du retour; c'est-à-dire depuis le mois de février, jusqu'au mois de novembre de l'année 1860. J'ai noté tour à

tour toutes mes émotions, tous mes ravissements, à
l'aspect de la majesté de l'Océan, en face des mer-
veilles éblouissantes de la nature, étalées sous mes
yeux, au sein des campagnes de la Guadeloupe,
dans les vertes savanes qui se déploient sur la pente
des mornes, dans les hautes montagnes hérissées de
roches gigantesques, dans les forêts vierges empreintes d'une religieuse beauté, sur les bords des
petites rivières capricieuses et limpides qui roulent
en cascades et qui transportent dans leur cours des
fleurs brillantes et des fruits embaumés.

Ma plume a voulu peindre aussi les mœurs de la
race noire. Cette race mérite beaucoup de sym-
pathie; elle a des qualités civilisatrices, et la plupart de ses vices tiennent à l'influence délétère d'une
trop longue servitude. La liberté qui rajeunit toute
chose, rajeunira ces pauvres Africains qui sont
aussi bien que nous des hommes.

J'ai quitté la Guadeloupe avec tristesse et j'ai
revu cependant la France avec bonheur. Celle-ci est
la grande patrie, et l'autre c'est la petite; mais mon
cœur est assez vaste pour les réunir toutes les
deux dans un même amour. Ici, c'est la lumière de
l'intelligence qui brille, et là-bas c'est l'éclatante
lumière du soleil. Ces deux lumières sont utiles à
l'existence de l'homme, et, si je cherche à éclairer
toujours mon esprit aux clartés intellectuelles de la
France, je voudrais pouvoir sans cesse réchauffer
mon corps aux rayons vivifiants du tropique !

Ce volume renferme une pensée; il a un commencement, un milieu, une fin qui s'enchaînent
naturellement; il ne s'écarte point un seul instant
de son sujet. Suis-je parvenu à lui donner une
vraie couleur locale? En tout cas, j'ai eu l'intention de faire respirer à mes lecteurs de véritables
« fleurs des Antilles ».

Je ne terminerai point cette courte préface sans
remplir un devoir de reconnaissance envers mes
souscripteurs. Parce que, dans une modeste brochure, j'ai pris la défense des noirs et des mulâtres,
ces hommes généreux ont pensé qu'ils devaient
concourir à la publication de ce volume. C'est à eux
qu'il doit de paraître et je les en remercie du plus
profond de mon cœur.

A VICTOR HUGÓ!

# A VICTOR HUGO !

Maître, vous avez accueilli chaleureusement quelques pages écrites par moi sur « l'esclavage »; en retour, je vous dédie ce volume de poésies écrit sous un climat dont votre admirable pinceau était plus digne que le mien de peindre l'étincelante beauté. Ma témérité ne peut trouver une excuse que dans ma passion pour la poésie. En me tenant compte de mes efforts pour bien écrire en vers, dans cette langue dont vous possédez tous les secrets, vous applaudirez, j'en suis sûr, aux sentiments et aux émotions qui m'ont inspiré!

1.

# LE DÉPART

I

# LE DÉPART

Sur l'océan, 16 février 1860.

Oh ! l'absence est cruelle...
Le jour où mon vaisseau,
Aux vents ouvrit son aile,
Ainsi qu'un grand oiseau ;

Le jour où sur la lame
Je me sentis rouler...
Ce qu'éprouva mon âme,
Faut-il le rappeler ?...

Quitter, quitter la France,
Ses plus chères amours,
C'est vouloir la souffrance,
Et c'est fuir les beaux jours !

Quand disparut la terre,
Nuage à l'horizon,
Je luis dis : O ma mère!...
Je perdis la raison!...

Je cherchais ma charmille,
Mon toit que Dieu bénit.
Et mon fils et ma fille,
Abrités dans ce nid !

Je cherchais une tombe...
Celle où ma mère dort!...
Que sur sa pierre tombe,
Soleil, ton reflet d'or!

Plus d'un ami sincère,
Là-bas, me dit adieu...
Sur mon cœur je le serre...
Je le confie à Dieu !

Et toi, France chérie !
Oh ! d'ici mon retour,
Redeviens la patrie
Qu'illumine un grand jour !

J'admire la vaillance
De tes hardis soldats ;
Mais sois encor la France
Des éloquents débats !

La France où l'on voit naître
L'idée en jets si beaux ;
Lumière qui pénètre
Jusqu'au sein des tombeaux !

Cette France féconde
En génie, en clarté,
Promenant sur le monde
Sa sœur, la Liberté !

Oh ! de ce sol de flamme,
Que ne puis-je approcher !
Voir la première lame,
Sur le premier rocher !...

Embrasser cette grève...
Sur cette herbe m'asseoir !...
— Ce ne peut être un rêve ! —
Adieu, France, au revoir !...

# AU SOLEIL DU TROPIQUE

## AU SOLEIL DU TROPIQUE

Je te salue, astre aux reflets brûlants,
Qui sème d'or les flots étincelants !
Je te salue !... Au jour de mon enfance,
Tu répandis sur moi ta bienfaisance !
Un beau rayon de ton disque vermeil,
Sur mon berceau vint briller, ô soleil !
Du feu divin que ton foyer recèle,
Dans mon esprit jaillit une étincelle,
Et tu me dis, en frappant mon cerveau,
Petite fleur, éclose en ce berceau :
« Reçois en don, le jour de ta naissance,
Un souvenir de ma munificence.
Je te remplis d'un parfum enivrant !
De jour en jour ce parfum s'épurant,

Embaumera ton existence entière !
Fils de l'esprit, tu fuiras la matière !
Toujours ton âme, ayant soif d'idéal,
Dans le rayon, dans le flot de cristal,
Ira puiser l'ivresse poétique !... »
— Je te salue, ô soleil du tropique !
Je suis ton fils ; sur cette immensité
Tu rayonnas de toute éternité !
Dans tous les temps, des vapeurs de cette onde
Tu t'abreuvas, ô lumière féconde !
Et ces vapeurs, voyageant dans les airs,
Ont à leur tour abreuvé les déserts !
Chaque matin, sur la masse liquide,
Tu viens répandre une aurore splendide
Dont s'embellit le nuage empourpré,
La blanche écume et le flot azuré !
Le soir surtout ta splendeur est sublime,
Quand tu descends dans le profond abîme,
Pour t'endormir dans le sein du couchant.
La tiède brise entonne un petit chant,
Auquel répond la lame caressante ;
La vaste mer montre resplendissante
Sa belle face où l'alcyon s'endort ;
Des lacs d'azur et des montagnes d'or,
Sur l'horizon, transformant les nuages,
Ont dessiné d'éclatants paysages,
Et l'œil discerne un golfe, des détroits,
Des pics aigus, des rochers et des bois ;
Et dans ces bois, du sommet d'une pente,

Semble courir un chemin qui serpente,
Petit chemin semé de diamants ;
Fait pour les Dieux ou bien pour les amants !
L'amour contient une flamme suprême
Qui nous élève... on est Dieu quand on aime !
Comme on grandit, en voyant ta beauté,
Astre divin ! — Par le rêve emporté,
L'esprit alors parcourt le vaste espace ;
Il vole à Dieu qu'il poursuit, qu'il embrasse,
Et qu'il voudrait aspirer tout entier :
Il sent le feu de l'éternel foyer,
Il boit la vie où la vie a sa source...
Dieu c'est le but, c'est la fin de la course !...

Sur mer, le 2 mars 1860.

# MON NAVIRE

III

## MON NAVIRE

Il était petit, mon navire,
Mais comme il courait sur les flots ;
Il se sentait sur son empire,
Il eût vogué sans matelots.

Comme il traçait un long sillage,
Où l'or s'unissait à l'argent ;
L'écume était comme un plumage
Pour ce beau cygne voltigeant.

Comme ses voiles, avec grâce,
A toutes les brises s'ouvraient ;
Dans la transparente surface,
Comme ses grands mâts se miraient.

Dans sa légère brigantine,
Se jouait le tiède zéphyr,
Avec la teinte purpurine
D'un soleil riche de saphir.

Au caprice des lames bleues,
Il se berçait ; sous son beaupré,
Les poissons agitant leurs queues,
Argentaient le flot empourpré.

Le soir, aux reflets des étoiles,
Sur le firmament, dans les flots ;
Ses mâts, ses cordages, ses voiles,
Chantaient avec ses matelots.

La mer mêlait son harmonie
A ces chants dont j'étais frappé,
Et d'une tristesse infinie
Je me sentais enveloppé.

Il poursuivait toujours sa route
Dans le phosphore étincelant ;
Du ciel il menaçait la voûte
Avec ses ailes de goëland.

Il semblait dire aux mers profondes :
« Je ne crains point vos coups pervers ;
Sous moi si vous ouvrez vos ondes,
Je m'envolerai dans les airs. »

Un jour que fièrement sa tête
Se dressait vers les vastes cieux,
L'Océan livre à la tempête
Son élément capricieux.

Dans leur antre les vents gémissent,
Puis sifflent ; l'air en tressaillit ;
Toutes les vagues en frémissent ;
L'écume en poussière jaillit.

Pauvre navire qui me portes
Vers de resplendissants climats,
Vaincras-tu des lames si fortes,
Presque aussi hautes que tes mâts ?

La rafale emplit tes cordages
De sons aigus et discordants...
Partout la mer, point de rivages...
Horizons noirs et flots grondants.

J'entends la voix du capitaine...
Les matelots, à pas pressés,
Vont de la poupe à la carène,
Hardis et pourtant harassés...

La vague emporte la chaloupe,
Elle ébranle le gouvernail...
Vite à la pompe, allez en troupe...
L'eau gagne par un soupirail...

Les requins attendent leur proie...
L'abîme est donc ouvert pour nous...
— Un rayon ramène la joie ;
Chacun le bénit à genoux !

Mon navire a repris l'allure ;
— Au loin court le noir tourbillon ; —
Il se pare de sa voilure,
Et trace son léger sillon.

Il rencontre en chemin Madère,
Et lui donne un rapide adieu ;
Il va chercher une autre terre,
A travers le tropique en feu.

Il fuit les plages africaines;
Sous un firmament sans pareil,
Assiste aux belles nuits sereines,
Aux brillants couchers du soleil !

Il voit des eaux resplendissantes,
Cristal pur rempli de chansons !
Des galères éblouissantes
Et les plus splendides poissons.

Mer des Antilles, il sillonne
Ton étincelant Archipel;
Vertes îles, il se couronne
De vos arbres touchant au ciel.

Il ouvre au bout de sa mâture
Son pavillon large et flottant,
Pour saluer cette nature,
Fille d'un soleil éclatant.

Il vous sourit, ô blondes cannes !
Et vous, fruits d'or des beaux manguiers !
Et vous, jaunissantes bananes,
Parure des verts bananiers !

Il sourit aux mornes, aux plaines,
Aux gracieux moulins à vent,
Qui tournent aux douces haleines
Des tièdes brises du levant.

Il sourit aux sombres montagnes,
Au volcan qui jamais ne dort...
Et fier de ses mille campagnes,
Laisse glisser son ancre au port !...

En mer, 14 mars 1860.

2.

# LA VIEILLE NÉGRESSE

IV

## LA VIEILLE NÉGRESSE [1]

Le soleil achevait son parcours éclatant;
La vieille Anastasie avait fermé sa case;
Elle allume son feu qui pétille et s'embrase...
Dans son petit jardin je m'arrête un instant.
L'élégant bananier, avec sa large feuille,
Abritait les fruits d'or que le nègre recueille...
Pour le pauvre africain c'est l'arbre nourricier;
Avec sa femme il aime aussi son bananier.

Mais laissons le jardin rempli de poésie;
Dans sa case allons voir la vieille Anastasie.

[1] Je peins ici une ancienne esclave de mon père qui me portait le plus tendre attachement.

Je l'appelle : A ma voix, elle ouvrit tout à coup.
Le soir elle buvait toujours un petit coup.
Et je le reconnus à sa tête exaltée.
« Bonsoir maître » et soudain, elle m'offrit un banc;
Elle vit au berceau son jeune maître blanc;
De joie en ma présence elle était transportée.


Sur trois roches, formant le foyer dans un coin,
Bouillaient, dans un grand pot, la morue et l'igname.
La fumée étouffait dans ce réduit en flamme.
Maringouin et moustique étaient chassés bien loin.
La nuit, elle pouvait dormir, la pauvre vieille,
Sans piqûre à sa peau, sans bruit à son oreille.


Son visage annonçait au moins quatre-vingts ans,
Et ses cheveux crépus étaient devenus blancs.
Son regard était vif, ses membres étaient grêles;
Mais quand retentissaient les sons du bamboula,
Sa jupe, entre ses mains, s'ouvrait comme deux ailes,
Son pied tremblait, son pied qui jamais ne trembla.
Comme se dilataient ses deux larges narines,
A ces airs de Guinée, à ces airs d'autrefois,
Qu'avait chantés sa mère... Émotions divines!
Sa mère, son pays, sa case, ses grands bois,
Et les vagues roulant sur la plage africaine!...
Peut-être aussi, peut-être, un souvenir d'amour!...
Et ses dieux qu'elle allait adorer chaque jour!...
Et les grands revenants dont la nuit était pleine.

Son repas était prêt ; je l'engage à manger.
Elle emplit de manioc un coui de callebasse.
— Le nègre ne recourt jamais au boulanger. —
Elle assemble ses mets, dans son coui les entasse.
Sa cuiller est de bois, sa table est son genou ;
Son eau rafraîchissait dans un nœud de bambou.
Quand elle eut terminé, prenant une bouteille :
« C'est de l'eau, » me dit-elle, en ricanant un peu !
Elle but le tafia, sa boisson sans pareille,
Et puis elle alluma sa vieille pipe au feu !


« Tu vas me raconter ton départ de Guinée. »
Lui dis-je. — Et ses regards deviennent éclatants ;
Sa figure, à ces mots, paraît illuminée !
Son souvenir la porte à plus de soixante ans !
Alors elle se dresse et paraît en démence.
Elle parle, elle pleure, elle chante, elle danse...
Tout ému, j'écoutais, et sa voix, par moment,
Répétait ce refrain : « Bâtiment ! Bâtiment !... [1] »


C'était le vif regret de la terre d'Afrique,
Que ce refrain chanté d'un ton mélancolique !
Combien de souvenirs se mêlaient dans ce mot !...
Souvenir d'une voile et souvenir d'un flot !
Souvenir des bourreaux qui l'avaient, jeune fille,
Ravie à son pays ainsi qu'à sa famille !

_____

[1] C'était en effet le mot dont se servait la vieille négresse que
je peins.

La pauvre vieille en pleurs vint m'embrasser la main,
Disant que j'étais blanc, mais que j'étais humain !
Combien j'étais touché... cinquante ans d'esclavage
Avaient blanchi sa tête encore plus que l'âge !

Je sortis ; je croyais sans cesse ouïr sa voix.
Elle ferma sa porte avec sa clef de bois.
Je n'avais dans l'esprit que la vieille africaine,
Sa danse, sa chanson où s'exaltait sa peine,
Le repas dans un coui, les roches du foyer...

Il eût fallu le peintre, un pinceau, la palette,
Et l'art, dans les couleurs, pouvait se déployer...
Moi, je n'ai pu que voir et que peindre en poète !...

Ilet à Cosson, rade de la Pointe-à-Pitre, avril 1840.

# LA ROSE

V

# LA ROSE [1]

A JULES JANIN

Il est une rivière où l'onde
Roule sur un fond de galets ;
Dans sa limpidité profonde
Miroitent d'éclatants reflets.

Elle descend de la montagne,
Prend sa source aux pieds d'un volcan ;
Un gazouillement l'accompagne,
Dans sa course vers l'océan.

[1] C'est une petite rivière de la Guadeloupe.

De morne en morne ses cascades
Grondent dans les grandes forêts ;
Les arbres ployés en arcades,
L'abritent sous des berceaux frais.

Elle féconde les racines
De ces gigantesques gommiers,
Qu'on creuse en pirogues marines,
Rapides comme des pluviers.

De vanille elle se parfume,
L'agouti boit dans son cristal ;
La roche où brise son écume,
Au ramier sert de piédestal.

Quand l'astre aux lueurs argentines,
D'isolement remplit les bois,
Elle chante seule aux ravines,
Les oiseaux n'ayant plus de voix.

Mais l'aurore, au-dessus des lames,
Fait briller son disque vermeil...
Toutes les voix, toutes les âmes,
De concert fêtent le soleil.

Le vent souffle dans les lianes
Qui sur l'eau suspendent leurs fleurs ;
Les oiseaux mêlent, aux savanes,
Leurs chants aux chants des travailleurs.

Dans les bois résonne la hache...
La rivière, en ses petits flots,
Répète ce bruit, le détache,
Et le porte aux lointains échos.

En chemin, la belle onde arrose
Le haut palmiste, le bambou,
Et roule, avec la pomme-rose,
Le fruit pourpré de l'acajou.

Elle salue un champ de cannes,
Murmure à l'ombre d'un manguier,
Ravit leurs parfums aux bananes,
Ainsi qu'aux fleurs du goyavier.

L'Africain aux larges narines,
Et l'Indien aux cheveux longs,
Boivent ses ondes cristallines,
Où se mirent les papillons.

Dans un bassin sombre et sauvage,
Où percent des rayons furtifs,
Elle rencontre un doux visage,
Aux regards profonds et pensifs.

C'est la créole nonchalante,
Dont l'eau caresse le beau sein ;
Elle regarde, l'indolente,
Ses pieds blancs au fond du bassin.

Avec la source qui bouillonne,
Sa voix charmante a pris l'essor,
Tandis qu'à sa bouche mignonne,
Sa main porte une mangue d'or.

Baigneuse, à travers le feuillage,
Un regard de jeune homme a lui...
Quoi ! je vois rougir ton visage...
Ta lèvre a murmuré : C'est lui !...

Mais la rose poursuit sa route,
L'amour s'abrite dans ses eaux ;
Sur ses bords on aime ; elle écoute
Et les hommes et les oiseaux.

Elle écoute... et vers l'onde immense,
Entre deux rangs de mangliers,
Va perdre sa douce romance
Dans le concert des flots altiers.

Guadeloupe, La Goyave, mai 1870.

# LE MATIN SOUS LE TROPIQUE

# VI

## LE MATIN SOUS LE TROPIQUE

Au lever du soleil j'étais dans la savane.
L'aube resplendissait, cette aube diaphane,
Dont l'azur a percé les transparents réseaux,
Cette aube qui réveille et l'homme et les oiseaux ;
Qui sème de reflets, perles étincelantes,
La grande mer Antille, aux vagues scintillantes.
Le frais matin sur l'herbe avait semé ses pleurs,
Et le svelte oiseau-mouche, aux splendides couleurs,
Avec son petit bec, aussi fin qu'une aiguille,
Vient ravir le nectar à chaque fleur qui brille.
Chaque feuille a senti le zéphyr matinal ;
Chaque poisson frémit dans un flot de cristal ;
L'air est plein de chansons, et la mer de murmures ;
Aux branches des manguiers pendent les mangues mûres ;

La goyave odorante, aux rayons du soleil,
A pris, pour s'embellir, son vêtement vermeil,
Où l'insecte et l'oiseau vont becqueter et mordre,
La nature déploie un éclatant désordre.
Ici s'arrondissait un morne à l'horizon,
Avec ses cocotiers, sa pente de gazon,
Et là, c'est un palmiste, avec sa fière tête,
Qui menace la nue et brave la tempête :
Plus haut, c'est la montagne avec son noir volcan :
Son sommet est au ciel, son pied, dans l'Océan ;
La montagne reluit de lumières et d'ombres,
D'arbres éblouissants et de ravines sombres;
Un champ de cannes brille, en sa parure d'or,
Un bourg peuplé s'éveille et sourit sur le bord,
Où la mer se découpe en des anses profondes,
En des caps anguleux qui refoulent ses ondes.
Tout paraît inégal, l'harmonie est dans tout !
La vie a débordé ; l'ardente sève bout,
Et ce riche tableau que la nature étale,
Éclate aux feux pourprés de l'aube matinale !

                                        Ilet à Cosson, mai 1860.

# L'OISEAU-MOUCHE

# VII

## L'OISEAU-MOUCHE

A FÉLIX BERNARD

Dieu prit la perle aux ondes
    Profondes,
De duvet la vêtit ;
Le plumage étincelle,
    Et l'aile
S'ouvrant, l'oiseau partit !

Bijou du nouveau monde,
    Qu'inonde,
L'éclat du vêtement ;

L'œil ébloui, l'artiste
          Assiste
A ton miroitement.


L'oisillon, sous son aile
          Recèle
Un foyer, un soleil...
Rayon que, dans la plume,
          Allume
Le grand astre vermeil.


L'amour, maître du monde,
          Féconde,
Oiseau, ton sein béni ;
Pour bâtir, tu recueilles :
          Deux feuilles
Supporteront ton nid.


Deux feuilles sur la branche
          Que penche
Le plus léger zéphyr ;
Ce nid d'un petit être,
          Voit naître
Et topaze et saphyr.


Radieux, l'oiseau-mouche
          Se couche,
D'émeraude vêtu ;

Hors du berceau scintille
Et brille
Sa tête au bec pointu.
Il va de tige en tige,
Voltige
Sur l'herbe, miroitant ;
La fleur ouvre un calice
Où glisse
Ce rubis éclatant.

Puis il revient rapide,
Avide
D'admirer ses petits ;
Emu, son sein de mère
Espère
Les revoir tous blottis.

Autour de son bec coule
Et roule
La liqueur, le nectar ;
Il porte l'ambroisie
Choisie...
Il est venu trop tard...

Plus de nid, de couvée
Rêvée...
Il va, court, frémissant ;

L'air où le vent frissonne,
Résonne
D'un cri vif et perçant.

Du cocotier superbe
A l'herbe
De la savane en fleur,
Il s'élance et son trouble
Redouble
Ainsi que sa douleur.

Il délaisse en sa route
La goutte
De rosée ou de miel ;
Dans sa tristesse amère
De mère,
Le suc se change en fiel.

Rien n'étourdit sa peine,
La graine
Ni le fruit odorant ;
La mangue, à la ramure,
Est mûre...
Il passe indifférent.

Soudain, quelle rencontre !
Se montre

L'amant plein de beauté...
L'amour, divin remède,
                Succède
A la maternité.


Dieu prit la perle aux ondes
                Profondes,
De duvet la vêtit ;
Le plumage étincelle,
                Et l'aile
S'ouvrant, l'oiseau partit !...

Guadeloupe, mai 1860.

# SUR LE BORD DE LA MER

# VIII

## SUR LE BORD DE LA MER

Si vous voulez rêver, allez aux bords des mers ;
Au pied d'un cocotier, écoutez les concerts
De cette voix des flots douce ou retentissante ;
Si l'immensité gronde ou si la vague chante,
Repliant votre esprit au fond de votre cœur,
Alors vous rêverez ou tristesse ou bonheur !...

Ilet à Cosson, Juin 1860.

# LE VIEUX NÈGRE

IX


# LE VIEUX NÈGRE


A VICTOR HUGO


I


— « Vieillard né sur le sol d'Afrique,
« Tu vins sous le ciel d'Amérique;
« Dis-moi, pourquoi si loin courir?
« La patrie en toi pourtant vibre!..
« Pauvre Africain, tu naquis libre;
« Libre aussi tu pourras mourir!

« Mais tu subis un long outrage,
« Dans la nuit sombre d'esclavage
« Qui sépare ta liberté;

« Ton aube a vu s'ouvrir ton aile ;
« Sur ton soir brille une étincelle :
« Mais ton midi fut sans clarté !

« Raconte-moi ton allégresse,
« Et tes larmes et ta tristesse,
« Et tes jours d'enfance et d'exil !
« T'en souvient-il de ton village,
« De ta forêt, de ton rivage...
« De ta mère t'en souvient-il... »

## II

— « Du pays où je pris naissance,
« Il me souvient malgré l'absence ;
« Je le chante dans mes chansons !
« Ma mère ! en y songeant je pleure,
« O maître ! et j'y songe à toute heure...
« Et de sa voix j'entends les sons !...

« Je la contemple ; elle me berce ;
« Dans son regard le bonheur perce,
« Et son visage m'a souri ;
« Je presse encore avec ma bouche
« Son sein gonflé ; ma main le touche
« Ce sein fécond qui m'a nourri.

« J'aperçois, dans la forêt sombre,
« Ma case qui se dresse à l'ombre,

« La case où je fus abrité ;
« Tout petit je lançais ma flèche,
« Tout petit j'allais à la pêche,
« Par la grande mer emporté !

« Les deux petites mains unies,
« J'allais prier les bons génies
« De conjurer les mauvais sorts ;
« Le soir, à l'heure des ténèbres,
« J'avais des visions funèbres,
« Je voyais les âmes des morts !

« Une nuit, des hommes en arme,
« Se jettent, dans un grand vacarme,
« Sur notre village surpris ;
« Chacun fuit et se précipite...
« Ma mère à la suivre m'excite...
« Elle se sauve... et je fus pris !

« Une main barbare m'enchaîne ;
« Brutalement elle m'entraîne
« Sur le bord sablonneux des mers ;
« Je résiste, l'on me déchire,
« Embarqué dans un grand navire,
« Je vogue sur les flots amers.

« La tristesse en moi suit la rage...
« L'espoir, l'effort et le courage,
« Je vis tout s'éteindre, expirer...

« Quand au loin disparut la terre...
« Quand je me rappelai ma mère...
« Alors je me mis à pleurer !


« Nous pleurions tous, pauvres esclaves !
« L'onde mêlait ses notes graves
« A nos sanglots, à nos adieux ;
« Nous étions pleins de pensers vagues
« Devant cet infini des vagues,
« Qu'enferme l'infini des cieux !


« Il me parut long ce voyage...
« Quand je vis un nouveau rivage,
« Rempli d'éclat et de beauté !
« Au lieu d'un horizon sans bornes,
« C'étaient des savanes, des mornes,
« Et puis une blanche cité !


« C'était comme un Eden splendide !
« Mais où la liberté réside,
« On trouve seul un paradis...
« J'étais esclave... et j'eus un maître ;
« J'appris à subir, à connaître
« Le joug des commandeurs maudits !


« Le matin, au lever de l'aube,
« Quand l'ombre aux rayons se dérobe,
« J'allais aux champs avec ma houx ;

« J'allais, à travers les savanes,
« Planter ou récolter les cannes...
« Que d'efforts pour un fruit si doux !


« Toujours obéir, toujours craindre,
« Toujours travailler sans se plaindre,
« A toute heure, c'était mon lot !...
« Si je me reposais... « Travaille, »
« Criait un homme sans entraille...
« Et son fouet claquait aussitôt !


« Des esclaves la troupe entière,
« Faisait par ordre une prière,
« Devant la case tous les soirs...
« Quoi ! prier les Dieux de nos maîtres !...
« Je priais ceux de mes ancêtres ;
« Je m'adressais aux Dieux des Noirs !...


« Un rayon chassa ma tristesse...
« J'aimais une jeune négresse,
« Et je devins fier, triomphant...
« Dieu seul scella ce mariage,
« Et j'eus un fils... Misère ! outrage !...
« On vendit la mère et l'enfant !


« Ma douleur ne touchait personne...
« Sur la hauteur qu'un bois couronne,
« Je m'élance et fuis ma prison ;

4.

« Je trouvais une autre compagne :
« La liberté sur la montagne !...
« J'aperçus le vaste horizon !


« Je me nourris du fruit sauvage,
« J'ai l'eau des sources pour breuvage,
« Sous les arbres, la nuit, je dors ;
« Librement je marche, je chante ;
« Le bruit des cascades m'enchante ;
« Les oiseaux ont de doux accords !


« Mais à tout instant je frissonne...
« Soudain un coup de feu résonne...
« Est-ce un gendarme? est-ce un chasseur ?...
« C'est un gendarme à ma poursuite...
« Faut-il recourir à la fuite,
« Ou résister à l'agresseur?...


« Il me saisit et l'on m'entraîne...
« Longtemps je fus mis à la chaîne ;
« Je fus flagellé jusqu'au sang !...
« De me venger j'étais capable!...
« Mais l'esclave est toujours coupable,
« Le maître, toujours innocent !...


« Il fallut maudire et se taire... —
« Un jour, d'une lointaine terre,
« Un cri vient, par tous répété!...

« Il annonçait la délivrance!...
« Et je bénis toujours la France
« Qui me donna la Liberté!...


« Je suis libre, j'ai mes deux ailes!...
« Mais les caresses maternelles,
« Mais le pays de mes aïeux...
« O pays! ô mère chérie!...
« Je mourrai loin de la patrie...
« Mais je verrai ma mère aux cieux!... »

Guadeloupe, juin 1860.

# LE TROPIQUE

X

## LE TROPIQUE

Ciel du tropique,
Ciel poétique;
Etincelant;
Quelle richesse,
Produit sans cesse
Ton feu brûlant.

Savane immense
Où, sans semence,
Croissent les fleurs;
Parfum suave
De la goyave,
Vives couleurs!

Forêt profonde
Du nouveau-monde
Où les bambous,
Comme les vagues,
Ont des bruits vagues,
Profonds et doux !


Bananes mûres,
Vertes ramures
Du cocotier,
Géant superbe,
Dominant l'herbe,
D'un front altier !


Brillantes plages,
Beaux coquillages
Et sable d'or...
Nid d'oiseau-mouche,
Petite couche
Où l'oiseau dort !


Source limpide,
Coulant rapide
Du haut du mont ;
Roche plaintive,
Pour l'onde vive,
Abri profond !

Belles créoles,
Aux·grâces molles,
Aux yeux rêveurs ;
Oiseaux artistes,
Fruits des palmistes,
Pleins de saveurs !

Soleil de flamme,
Fougueuse lame,
Dans son essor,
Roulant la pierre,
Riche en lumière,
Brillant trésor !

Brulante zône
Où l'Amazone,
Fleuve géant,
Verse ses ondes,
Larges, profondes,
Dans l'océan.

Là, tout rayonne,
Là, tout bourdonne,
Les nuits, les jours...
L'ardente vie,
Toujours ravie,
Renaît toujours.

Serpent énorme,
Monstre difforme ;
Bleu papillon,
Insecte aux teintes,
D'azur empreintes,
De vermillon !

Oiseaux dont l'aile
Luit, étincelle
D'or, de rubis ;
Fleurs odorantes,
Arbres et plantes,
Aux verts habits !

Ardent à vivre,
Là, tout s'enivre
D'air et de feu,
D'amour immense...
Sève et semence
Que répand Dieu !...

Guadeloupe, juin 1860.

# UN RÊVE AUX ANTILLES

# XI

## UN RÊVE AUX ANTILLES

Hier, en plein midi, je fis un rêve étrange !
Soudain, sous mes regards, le panorama change !
Tout ce que je voyais n'est plus ce que je vois,
Tout ce que j'entendais emprunte une autre voix.
Mon esprit, remontant vers les vieilles années,
Les grâces du présent étaient découronnées.
Plus de morne en culture où passent, tour à tour,
Et l'ombre et le soleil, et la nuit et le jour ;
Plus de noirs Africains dans les cannes dorées ;
Plus de cannes qu'on plante aux terres labourées,
Et qui livrent au vent leurs beaux plumets de fleurs ;
Les campagnes changeaient d'aspects et de couleurs !
Plus d'habitations et plus de sucreries !
Plus de moulins dressés pour les moissons mûries,

Et qui tournent au gré des ravins écumants ;
Plus de tuyaux d'usine élancés et fumants ;
Plus de planteurs allant à cheval sur les routes ;
De jardins alignés où les fleurs viennent toutes ;
Dans la verte savane ont disparu les bœufs,
Et les jeunes cabris qui paissaient auprès d'eux ;
Les pentes n'avaient plus leurs belles caféières,
Et les clochers d'église où sonnent les prières ;
Plus de riche cité, de camp, ni de soldats ;
De créoles que pare un élégant madras,
De danses que le nègre apporta de Guinée ;
Et sur la grande mer, par l'horizon bornée,
Où les vagues jouaient comme des diamants,
On ne voit point voguer tous ces fiers bâtiments,
Ornés du pavillon des nations lointaines...
Les bois envahissaient les mornes et les plaines ;
L'île entière n'était qu'une longue forêt ;
Et les arbres géants où la brise courait,
Agités, remplissaient l'air de leurs harmonies ;
Les rameaux frémissaient, aux lianes unies,
Les lianes toujours, de branche en branche allant,
Semant partout leurs fleurs et partout circulant...
De l'immense forêt, elles déploient la voûte !
Au-dessus, les rayons tracent leur belle route,
Des cimes parcourant les ondulations,
Faisant étinceler oiseaux et papillons,
Papillons de tout genre, aux poudres éclatantes,
Oiseaux de toute espèce, aux plumes miroitantes !
Au-dessous mille bruits résonnent à la fois ;

La plante a son murmure et les herbes, leur voix ;
L'abeille qui bourdonne à l'entour de sa ruche,
Le chant du colibri, le cri de la perruche,
Le sifflement aigu des serpents monstrueux,
La Cascade roulant en flots tumultueux,
Le Caraïbe altier qui, sur les feuilles sèches,
Pose son pied léger et qui lance ses flèches,
Poursuivant dans le bois le rapide agouti,
Sa voix qui, vers ses Dieux, a soudain retenti...
Tout forme un grand concert de musique infinie...
Nature, c'est ton chant et c'est ta symphonie!...
De toutes parts dans l'air m'arrivaient des senteurs
D'écorces et de fruits, d'insectes et de fleurs!
Mon regard discernait de petites clairières,
Champs plantés de manioc, et vertes bananières
Ouvrant leurs parasols, qu'un léger vent courbait...
Voici les toubanas [1], entourant le carbet [2],
Abritant sous leurs toits les peuplades sauvages ;
La tortue emplissait de ses œufs les rivages,
Rivages sablonneux, de coquilles semés,
Et par les doux parfums du varec embaumés ;
Sur la splendide mer, où le poisson scintille,
Tout à coup apparaît une grande flotille
De pirogues que peuple un essaim de guerriers ;
Leurs regards menaçants veillent des prisonniers ;

[1] Les toubanas étaient les maisons d'un village caraïbe.
[2] Le carbet était la maison centrale placée au milieu des toubanas. Le mot carbet se prend aussi dans le sens de village.

Le Caraïbe était vainqueur des Arouages ;
A sa bouche, à son nez, pendent des coquillages ;
Sa peau jaune reluit au reflet du rocou ;
Il tient, entre ses mains, le terrible boutou [1] !
On aborde, et bientôt le carbet est en fête !
Pourquoi ce mouvement? ce bûcher qu'on apprête?
Les guerriers assemblés allument un grand feu ;
La mort d'un prisonnier se transforme en un jeu !
L'air s'ébranle des cris de fureur et de haine !
Sur l'immense brasier rôtit la chair humaine !
Ils mangent avec joie, avec avidité,
Le corps de l'Arouage, ennemi détesté !...
Mais la fête est troublée, et les yeux se dirigent
Sur la lame où pluviers et mouettes voltigent !
Un monstre étrange, énorme, a paru sur la mer,
Un grand monstre de bois, rasant le flot amer...
Son sillage écumant étincelait d'étoiles ;
Les doux vents alizés gonflaient toutes ses voiles...
D'où vient-il? Où va-t-il? Quel est son pavillon?...
Ce monstre est le vaisseau de Christophe Colomb [2] !

Guadeloupe, Camp Jacob, Juillet 18r0.

[1] Massue des Caraïbes.
[2] Christophe Colomb a découvert la Guadeloupe le 4 novembre 1493.

# LA PETITE RAVINE

# XII

# LA PETITE RAVINE

Le sommet des montagnes
Brille de rayons d'or ;
Tout s'éveille aux campagnes,
Où le soir tout s'endort.

Le bananier secoue
Sa feuille de satin,
Sa feuille où luit et joue
La perle du matin.

Les bœufs aux longues cornes,
Paissent l'herbe et la fleur;
Sur le penchant des mornes,
Descend le travailleur.

Je vois la verte mousse
Qui croît sur un vieux tronc ;
Oh ! quelle fraîcheur douce
A caressé mon front !

Elle vient de la source
Qui rafraîchit les champs ;
Abordons, dans sa course,
La ravine aux doux chants,

Sur les cimes hautaines,
C'est un fougueux torrent ;
On la voit, dans les plaines,
Courir en murmurant.

Le bruit de la cascade,
Qui mugit dans ses bonds,
Se change en sérénade
Sur un lit de gazons.

Traversons la savane
Où croît le framboisier ;
La petite liane
L'unit au goyavier.

Ah ! voici la ravine...
Je veux entendre et voir...
Une herbe verte et fine
M'invitait à m'asseoir.

J'entends son doux murmure,
Je vois son lit d'argent,
Et la goyave mûre,
Sur ses eaux voyageant.

Dans sa brillante écume
L'oiseau boit au réveil,
Et, secouant sa plume,
Va chercher le soleil.

Un parfum de cannelle
Vient embaumer son cours;
Tout près, la tourterelle
Roucoule ses amours.

Les petites fougères,
Au souffle matinal,
De leurs branches légères,
Caressent son cristal.

Dans son onde propice,
Quelle riche moisson !
On pêche l'écrevisse,
On cueille le cresson.

Une jeune Africaine,
Les pieds dans le courant,
Entre ses mains d'ébène,
Presse son linge blanc.

Ce ciel que tu reflètes,
Belle source, en tes eaux,
C'est le ciel des poètes,
Et des brillants oiseaux.

Mon œil va de ton onde
A ce clair firmament,
Miroir du nouveau monde,
Splendide vêtement!

Mais toujours me rappelle
Ta voix, refrain si doux...
Et mon rêve avec elle
Se perd dans les bambous!...

Guadeloupe, Camp Jacob, juillet 1860

# LE VOYAGE DE L'ESPRIT

XIII

## LE VOYAGE DE L'ESPRIT

Donne à ton vol un libre cours,
O mon esprit, monte toujours
Dans l'espace, au-dessus des ondes,
Descends aux ravines profondes,
Enfonce-toi dans les forêts ;
Gravis sur les plus hautes cimes ;
Tu ne peux craindre les abîmes,
Ouvre ton aile et disparais !
Du sommet des grandes montagnes,
Élance-toi sur les campagnes,
Contemple en son plus riche atour,
Ce beau champ où fleurit la canne ;
Rase l'herbe de la savane,
Où l'aube sème chaque jour

La fraîche goutte de rosée,
Perle sur la fleur déposée,
Clair rubis, liquide et vermeil,
Que boit l'oiseau-mouche au réveil.
Au sein de sa petite case,
Va sourire au noir Africain ;
Un palmiste, sur ton chemin,
Se présente, reste en extase,
Et cours vers le grand cocotier..
Encore là tu te recueilles ;
Puis tu voles au bananier ;
Disparais sous ses grandes feuilles,
Perds-toi dans son bouquet de fruits !
De la source où la roche glisse,
Visite les mille réduits ;
Nids du crabe et de l'écrevisse ;
Plonge un instant dans le cristal,
Écoute le bruit de la source,
Et poursuis de nouveau ta course.
L'oiseau dit son chant matinal ;
A ce concert prête l'oreille ;
Contemple ainsi chaque merveille,
Mais sans arrêter ton élan !...
Retourne dans la forêt sombre
Où le soleil étincelant,
Sur les feuilles joue avec l'ombre ;
Admire le fier acomat !
Comme il s'élève avec audace !
La voûte du ciel qu'il menace,

L'embellit d'un plus vif éclat !
Il nourrit l'ananas sauvage ;
La liane, comme un serpent,
Entre ses forts rameaux voyage,
Et se balance et se suspend.
Ce grand colosse est tout un monde
De murmures et de couleurs :
Il a des oiseaux et des fleurs,
Sa tête mugit comme l'onde ;
Chaque nœud de son vaste trône
Forme une profonde cellule ;
Dans les bois il n'a qu'un émule,
Le gommier au superbe front !
Laisse l'arbre pour la cascade ;
Là, sous une roche en arcade,
Sort un torrent impétueux,
Il s'élance tumultueux,
Répand une éclatante brume,
Et disperse sa blanche écume
Dans un bassin au cristal pur,
Où nagent des poissons d'azur.
Il faut encor rouvrir tes ailes !
Remonte aux cimes éternelles,
D'où s'agrandit l'immensité,
Miroir semé d'îles brillantes,
Qui, sur leurs plages scintillantes,
Voient courir le flot argenté.
Des nuages perçant les voiles,
Parcours le pays des étoiles,

Pénètre en leurs globes de feu,
Va jusqu'aux astres, jusqu'à Dieu !
Du firmament aux mers profondes,
Parmi les rayons voyageant,
Descends aux abîmes des ondes,
Dans l'émeraude et dans l'argent,
Dans les forêts d'algues flottantes,
Abris des pierres miroitantes !
Vois-tu ces éclatants palais
De corail et de madrépore,
Où l'œil ne pénétra jamais !...
Ces monuments l'art les décore :
Art naïf et travaux constants
D'imperceptibles habitants !
De cette profondeur liquide,
Monte à la surface des eaux,
Où voltigent de grands oiseaux,
Où chaque flot est une ride...
Et, comme l'abeille au matin,
Porte à la ruche son butin
De suc odorant, d'ambroisie,
Porte au cerveau de l'écrivain,
Une moisson de poésie !...

Guadeloupe, camp Jacob, juillet 1861

# UNE FLEUR SUR UN VOLCAN

:)

XIV

## UNE FLEUR SUR UN VOLCAN

Je t'ai cueillie, ô fleur, près d'un large cratère,
    Au sommet d'un volcan;
Là, tu semblais braver les flammes de la terre,
    Les coups de l'ouragan.

Le vent froid et glacé passait sur ta corolle,
    Sans flétrir sa couleur;
Le soufre que vomit l'ardente fumerole,
    Te laissait sans pâleur.

Un roc géant couvert d'une mousse pourprée,
    Etait penché sur toi;
Il semblait menacer ta tête diaprée...
    Tu brillais sans effroi.

Quelquefois sous tes pieds passaient les grands nuages,
      Tu contemplais l'azur ;
Tu t'épanouissais au-dessus des orages,
      En face d'un ciel pur.


Mais ces jours de rayons étaient des jours de fêtes !
      Fille des noirs brouillards,
Le ciel te réservait plus de sombres tempêtes
      Que d'éclatants regards.


Pour toi, pas de baisers des brises odorantes ;
      Pour toi pas d'oisillons
Aux belles plumes d'or; d'abeilles murmurantes,
      De brillants papillons !


Des parfums repoussants enveloppent ta tige,
      Pauvre petit roseau !
Tu restes solitaire; autour de toi voltige
      La cendre et non l'oiseau !


Qu'importe que ton front plane au-dessus des vagues,
      Au-dessus des grands bois;
Que tous les horizons étincelants ou vagues
      Se montrent à la fois!


Sous ta faible racine une lave fermente...
      Si le volcan s'ouvrait,
Ton destin serait court, petite fleur charmante!
      Il te consumerait!

En te voyant, je songe à la jeune orpheline...
        Votre sort est pareil!
Ainsi que toi sa tête à tous les vents s'incline,
        Et n'a pas de soleil.....


Comme toi, sans appui, sans recours, sans famille,
        En butte à l'ouragan,
La lave sous les pieds, la belle jeune fille
        Fleurit sur un volcan !...

Ecrit sur le cône de la Soufrière, le 30 juillet 1860.

# CONTEMPLATION

XV

## CONTEMPLATION

On ne peut se lasser d'admirer la splendeur
De ce sol rayonnant au soleil du tropique!
La mer, les bois, les champs, tout est plein de grandeur,
Tout est étincelant et tout est poétique!
L'œil éprouve parfois des éblouissements
De facettes sans nombre et de scintillements!
Des formes, des couleurs, la masse est infinie!
Partout l'oreille entend une grande harmonie,
Et de graves refrains et des sons enchanteurs,
Et l'odorat partout se remplit de senteurs!
On contemple, on est prêt à s'agenouiller même...
L'esprit, à ce tableau, songe au maître suprême!
Il semble qu'en ces lieux soit descendu le ciel...
Ah! c'est le paradis de l'être immatériel!...

Guadeloupe, Ilet à Cosson, 1860.

# LA CRÉOLE

# XVI

## LA CRÉOLE

A M<sup>me</sup> JULES MICHELET

I

Le jour luit et l'ombre décline,
La Créole est sur son lit rêvant;
Une fraîche brise marine,
Dans ses rideaux de mousseline,
Joue avec le soleil levant.

Quel souvenir, dans sa mémoire,
Flotte souriant, incertain ;
Sa belle chevelure noire
Ondule sur son cou d'ivoire,
Caresse sa peau de satin.

Voyez-la sur sa couche molle,
Soulever ses bras nonchalants ;
Etaler sa splendide épaule,
Ouvrir ces regards de Créole,
Plus que le ciel étincelants.

Elle se lève et la coquette,
Au miroir regardant soudain,
Admire sa grâce parfaite,
Et de sa beauté satisfaite,
Se plonge aussitôt dans le bain.

De l'onde elle sort embellie,
Comme des eaux sortent les fleurs ;
Elle est plus fraîche et plus jolie,
Et sa main sur son front délie
Le madras aux vives couleurs.

Les parfums couvrent sa toilette,
Tout semble sourire à ses vœux,
Et comme pour un jour de fête,
En tresse, en boucle, sur sa tête,
S'harmonisent ses longs cheveux.

Sur sa bouche et sur son visage,
Brillent la poudre et le carmin ;
Ses dents forment un assemblage
De la perle et du coquillage,
Et l'amande embaume sa main.

## II

Le soleil, dans l'espace monte,
Il atteint presque à son zénith ;
La Créole jamais n'affronte
Cette ardeur, à brunir trop prompte,
Et le hamac est son doux nid.

Elle y berce sa nonchalance!
Broder est son plus grand travail!
Tandis que son corps se balance,
Le petit négrillon s'avance
Et déploie un large éventail.

Aussitôt le sommeil caresse
Les longs cils de son œil charmant,
Et quand s'éveille ta paresse,
Ce bel œil, petite maîtresse,
Parcourt les pages d'un roman.

Mais voici venir la marchande;
Elle est riche en sucre, en bonbon ;
Adoucis ta lèvre friande;
Satisfais une soif trop grande,
En mêlant l'onde et le citron.

Sur la touche mélancolique,
Laisse courir tes légers doigts ;
Entonne un refrain du tropique ;
Pas un seul oiseau d'Amérique
N'atteint les notes de ta voix !


### III


Le frais zéphyr semble renaître.
Le ciel est moins resplendissant !
C'est l'heure d'ouvrir la fenêtre,
Et la brise aussitôt pénètre,
Avec son souffle caressant.

Il faut achever ta toilette ;
Le corset fait mieux ressortir
Une taille svelte et coquette,
Et la robe de gaze est prête...
La négresse va te vêtir.

C'est toi la beauté sans pareille !
Un peu d'orgueil enfle ton sein !
Le balcon montre sa merveille ;
Auprès de la fleur une abeille
Accourt... et puis c'est un essaim !

Vois-tu ce jeune homme qui passe?...
Jeune fille, il devient rêveur;
Son âme éprise est dans l'espace;
Il est ébloui de ta grâce;
Son œil réclame une faveur!

Mais quoi! ton cœur aussi s'agite...
J'ai vu ton visage changer...
Tu fuis et puis tu reviens vite...
Ta vue à la fois cherche, évite
Le regard du jeune étranger!

Plus d'un nom passe sur ta bouche;
Par la brise il est emporté...
Ce soir le sommeil t'effarouche...
Crains-tu d'être seule en ta couche?...
Mène avec toi la volupté!...

Guadeloupe, 10 août 1860.

# LA SENSITIVE

## LA SENSITIVE

On la voit croître en la savane ;
Au jour s'épanouit sa fleur ;
Un rayon trop brûlant la fane,
Et lui fait perdre sa couleur.
Frémissantes, ses feuilles vertes,
Panaches à peine entr'ouvertes,
Au frôlement des papillons,
Ou sous le vol des oisillons,
Ou bien au souffle d'une haleine
Echappée à la bouche humaine,
Ou par le moindre attouchement,
Se referment pudiquement !
La sensitive, est-ce pas l'âme
De la jeune fille qu'enflamme

Un premier sentiment d'amour?
Elle est honteuse d'elle-même,
Et craint de voir l'objet qu'elle aime,
Qu'elle doit aimer sans retour !...
C'est aussi l'âme du poète,
Ouverte aux aspirations ;
Toujours émue et toujours prête
A toutes les émotions !...

Guadeloupe, août 1860.

# LE BANANIER

XVIII

LE BANANIER

L'avez-vous vu, le bananier ?
        Sa longue grappe
Remplirait un large panier ;
Sa feuille peut se déployer
        Comme une nappe.

L'avez-vous vu, dans son élan,
        Près d'une case,
Abriter le nègre indolent,
Que l'ardeur d'un soleil brûlant.
        Sans cesse écrase ?

Son fruit embaume de saveur
        Toutes les bouches ;

Il est pour tous le fruit sauveur,
Fruit du maître, du serviteur,
    Des oiseaux-mouches !

Tu l'as semé pour l'être humain,
    O Providence !
Souvent, la banane à la main,
Une négresse, en son chemin,
    Rit, chante et danse !

Le bananier, de tes amours,
    Jeune Africaine,
Est souvent témoin ; tous les jours,
Son ombre abrite tes atours,
    Fille d'ébène !

Que soudain le sombre ouragan
    Siffle et s'irrite,
Que le ciel se change en volcan,
Et que le mobile océan
    Gronde et s'agite :

Le bananier longtemps bercé
    Par le zéphyre,
En mille éclats est dispersé ;
La tempête l'a terrassé,
    Dans son délire.

Ses feuilles flottent sur les eaux,
    Barques fragiles,

En butte aux violents assauts,
Elles supportent les oiseaux,
    Marins agiles !

Quand son jardin, son paradis,
    Désastre grave !
N'était semé que de débris,
Ouragans, vous étiez maudits
    Du pauvre esclave !

Mais la plante a des rejetons,
    Mère féconde!
Ils vont grandir aux chauds rayons,
Et bientôt suspendre à leurs fronts
    La grappe blonde!

Ils auront le même destin .
    L'éclat, la vie,
Et sur leurs feuilles de satin,
Une perle, chaque matin,
    Au ciel ravie !

Ils auront des zéphyrs constants,
    Musique, ombrage,
Et des colibris éclatants...
Et puis viendra le sombre temps,
    Et puis l'orage...

Bananiers, partout vous croissez,
    Près des montagnes,

Aux bords des courants amassés
Et des mers ; vous embellissez
Cités, campagnes.

Bananier, à toi fruits et fleurs,
Fougue, abondance,
Et l'harmonie et les couleurs,
A toi les feux de l'aube en pleurs,
A toi la danse !

C'est toi, sans doute, au vert Éden [1],
Qui charmas Ève !
Arbuste du premier jardin,
Tu fixes à notre destin,
L'amour, le rêve !...

Que le tropique, de t'avoir,
S'enorgueillisse !
De l'homme blanc, de l'homme noir,
Des petits oiseaux, toi l'espoir,
Toi la nourrice !..

Guadeloupe, août 1860.

---

[1] L'opinion, dans les colonies, est que le fruit du bananier
fut celui qui tenta Ève dans le paradis terrestre.

# LA BAMBOULA

# XIX

## LE BAMBOULA [1]

La savane attendait le joyeux bamboula ;
Le gros tambour résonne et tous s'en viennent là,
Tous les noirs Africains abandonnent leurs cases.
L'ébène tranche avec un ciel plein de topazes,
Un gazon d'émeraude, une mer de rubis.
Tous se sont revêtus de leurs plus beaux habits,
Et la négresse a pris sa jupe du dimanche,
Son madras éclatant et sa chemise blanche,
Sa chemise brodée, au tissu transparent ;
Dans tous ses traits l'amour est sans cesse apparent ;
Son regard est de flamme, et, sur sa lèvre épaisse,
La volupté respire unie à la mollesse ;
Comme elle l'Africain a des regards de feu ;

[1] Danse des nègres aux Antilles.

Il a pris aujourd'hui son beau pantalon bleu;
Sa tête qui résiste à la chaleur extrême,
Porte le latanier qu'il a tressé lui-même;
Il boit son coup de rhum et fume son grand bout [1];
En ces fêtes le rhum exalte, anime tout;
Des petits négrillons le noir essaim bourdonne;
La plupart ont l'habit que le bon Dieu leur donne:
La peau noire où reluit un rayon de soleil;
Leur petite figure est toujours en éveil,
Et leur bouche qui rit, a des perles écloses,
Qui mordent à la canne ou bien aux pommes-roses;
Dans une sucrerie ils se sont arrondis;
Leurs petits ventres sont gonflés et rebondis!
L'air retentit de cris et d'une chanson folle,
Chanson que rend plus douce un langage créole.
Tous dansent en chemin, avant le rendez-vous.
En suivant le cours d'eau qu'ombragent les bambous,
Et qui vient caresser l'herbe de la savane;
Un gros nègre plaisante et la troupe ricane.
Le noir musicien s'assied sur l'instrument;
Il est lui seul l'orchestre et ses doigts lestement,
Font vibrer du tambour la peau retentissante;
Il chante tous les airs de la patrie absente,
Et chaque voix s'unit en un refrain touchant!
Le geste est expressif et s'harmonise au chant.
L'Africaine, en ses mains, tient sa jupe légère;
Ses pieds semblent agir, sans se poser à terre;

---

[1] Cigare très-long qu'on appelle « bout de nègre ».

Comme les feux du ciel scintillent ses regards !
Elle se multiplie en mobiles écarts,
Penche et dresse la tête et fait mouvoir les hanches...
Venez voir, venez voir, trop orgueilleuses blanches,
Les négresses n'ont pas moins de grâces que vous...
Leurs hommes sont ravis ; ils en deviendront fous !
Voyez-les tour à tour, dans leurs poses lascives,
Mêler la danse folle avec les chansons vives...
C'est l'heure du repos, de la libation !
Le rhum excite encor l'imagination !
Le bamboula devient une ardente mêlée ;
Une course fougueuse, étrange, échevelée ;
Toutes les passions s'exaltent à la fois !
Les cris ont remplacé les doux sons de la voix,
Le bruit du tambourin grossit, se précipite ;
Les pas, sur le gazon, vont de plus en plus vite...
Une jeune négresse a fait choix d'un rival ;
Et d'un combat sanglant ce choix est le signal ;
La lutte a commencé, la lutte à coups de tête...
L'amante est dans les pleurs... Rien ne trouble la fête ;
Les danseurs, dans le bruit, s'en vont tourbillonnant ;
Ils se laissent soudain, et puis se reprenant,
Dans les embrassements confondent leurs haleines...
Des baisers sont ravis aux jeunes Africaines !...
Le beau soleil couchant éclaire ce tableau !
Après avoir semé ses paillettes sur l'eau,
Il joue avec la feuille et la fleur des campagnes,
Et se perd dans sa gloire au delà de montagnes !
L'ombre est sur le gazon et l'étoile au ciel bleu...

Mais par degré la danse a perdu tout son feu ;
Le tambourin se tait ; les nègres moins ingambes,
Ne possèdent bientôt leur raison ni leurs jambes ;
Ces noirs fils de Bacchus ont besoin de sommeil !
Plus d'un, dans la savane est surpris au réveil !
Chaque danseur chez lui retourne avec sa femme,
Et quand la blonde aurore aux travaux les réclame,
Le dimanche ils avaient consacré tour à tour,
La journée à la danse et la nuit à l'amour !...

Guadeloupe, septembre 18r0.

# LES CONGOS

# XX

## LES CONGOS [1]

A JULES TABANAS

Toujours vendus, toujours esclaves, ô Congos,
    Pauvre race africaine!
Hélas! on vous transporte encore sur les flots;
A la terre natale on arrache sa graine.

    Mais j'entends la voix d'un colon:
« Ce sont des engagés; ils ne sont plus esclaves!
« Après dix ans de peine, ils pourront, sans entraves,
« Reprendre leur essor comme le papillon! »

---

[1] En 1860 avaient encore lieu des engagements de nègres
sur la côte occidentale d'Afrique. Cette mesure était en quelque
sorte une traite déguisée; elle a été supprimée par le gouverne-
ment français en 1861.

Quoi ! ces enfants, ces jeunes filles,
Ont-ils pu s'engager? leur raison, l'avaient-ils?
Leurs cases, leurs grands bois, l'amour de leurs familles,
Leur étaient donc moins chers que de lointains exils!...

Un jour je vis flotter, en dehors de la passe,
Les voiles d'un navire ; il portait des Congos !
Dans la forêt de mâts il vient prendre sa place ;
L'ancre glisse dans l'onde aux chants des matelots.

Les curieux en foule accourent au rivage ;
Et chaque voix répand la nouvelle à grand bruit ;
Ce tableau rappelait le temps de l'esclavage ;
On aurait pu se croire avant quarante-huit !

Hélas! plus d'un Congo dans le trajet succombe!...
Et la mort, cette fois, était riche en moissons !
Beaucoup avaient trouvé l'immensité pour tombe,
Et pour s'ensevelir le corps des grands poissons !

Je contemplais de loin ces figures d'ébène !...
Hommes, femmes, enfants, étaient à peu près nus !
L'étonnement d'abord avait chassé la peine,
Leurs regards admiraient des pays inconnus !

Leur peau brillait de tatouages !
Les visiteurs en eux ne voyaient que bétail ;
Les pauvres Africains vendaient des coquillages,
Des colliers, des couteaux, produits de leur travail.

Bientôt on les transfère en une grande case ;
C'était le parc de ce troupeau !
Assis en rang par terre et les yeux en extase,
Chacun sur sa poitrine avait un numéro.


Ils fumaient tous de grands cigares !
Mais le bœuf dans l'étable a le droit de mugir !...
Ils gardaient le silence et des ordres barbares
Défendaient aux Congos de parler et d'agir.


Parfois ils souriaient avec mélancolie...
C'était un souvenir du rivage africain !...
Et moi je regardais cette race avilie,
Qui venait féconder le sol américain...


Et je me dis : « Peut-être, à ces hordes sauvages,
Dieu réserve un grand rôle en la suite des ans !... »
Et je songeais à ces beaux âges
Où les noirs à leur tour seraient dignes des blancs !


Où l'égalité sainte
Unirait en un corps les races d'ici-bas ;
Où la voix de l'esclave aurait cessé sa plainte,
Vers le progrès humain tous marchant à grand pas !...

Pointe-à-Pitre, 1er septembre 1860.

# UN VOLCAN DES ANTILLES

## XXI

## UN VOLCAN DES ANTILLES [1]

### A M. JULES MICHELET

Maître, avez-vous parfois, dans l'ardeur du touriste,
Porté sur un volcan vos beaux rêves d'artiste?
L'écrivain veut tout peindre; il doit aussi tout voir.
J'ai fait l'ascension d'un volcan du tropique;
Ecoutez le récit de ce voyage épique !
Pour peindre il faut sentir, et sentir c'est savoir,
C'est deviner par l'âme et le ciel et la terre!

Mais partons ! Il est temps de monter au cratère !
En gerbes de rayons l'aube s'épanouit ;

[1] Ce volcan est placé sur le sommet de la plus haute montagne de la Guadeloupe, à 1700 mètres au-dessus du niveau de la mer.

Toute vapeur de brume en l'air s'évanouit,
Tombe en une rosée éclatante et vermeille ;
L'homme doit s'éveiller lorsque l'oiseau s'éveille !
La case que j'habite est pleine de gaîté,
Vrai nid où la couvée ouvre l'aile et s'envole !
Déjà, vers le volcan, l'esprit est emporté !
Un guide, au bras nerveux, à la puissante épaule,
Un géant africain annonce le départ ;
Il est homme des bois ; il a de longues jambes ;
Il peut passer pour maître entre les plus ingambes ;
La vanité du guide éclaire son regard ;
Il est content de lui, raconte ses prouesses :
Les sentiers découverts, les ajoupas dressés ;
Ces grands bois, tout enfant il les a traversés ;
Il a dormi souvent sous leurs ombres épaisses ;
Il siffle, à s'y tromper, les chants de leurs oiseaux ;
Il a suivi le cours de toutes les ravines,
Et connaît bien la source où sont les bonnes eaux ;
Il a posé le pied sur toutes les racines !...

Partons ! aux vieux parents, à de petits garçons,
S'unissent jeune dame et même jeune fille ;
Un cousin, en artiste, a porté ses crayons ;
Moi, j'ai pris mon carnet ; nous étions en famille !
Le guide, sur sa tête, avec ses deux longs bras,
En fort équilibriste, a mis le confortable ;
Nos dames avaient pris des habits de soldats,
Et chacune avec soin se pare d'un madras ;
Sous ce charmant costume on se montre adorable !

Nos pieds nus sont à l'aise en de larges souliers ;
Nous avançons joyeux, légers comme la plume,
Côtoyant un ravin où murmure l'écume
Sur des roches en pente et formant escaliers.
Le morne est rude ; enfin nous entrons aux bois sombres!
Tous ces arbres géants, debout comme des ombres,
Font tressaillir nos cœurs d'un froid saisissement;
On admire, on se tait... sous leurs vastes feuillages,
Ces fantômes ont vu des générations ;
Avant l'homme d'Europe ils ont vu les sauvages,
Etonnés comme nous de leurs proportions!...

Le soleil scintillait sur leurs branches légères,
Que la brise et l'oiseau remplissaient de chansons;
Sur nos fronts, sous nos pas, s'étalaient des fougères,
Au moindre léger souffle éprouvant des frissons ;
Les vieux troncs se paraient avec les vertes mousses ;
·Des balisiers [1], les fleurs, dans leur pourpre éclatant,
A travers les halliers, brillaient à chaque instant;
Les notes du ramier, mélancoliques, douces,
Attendrissaient notre âme, et les oiseaux siffleurs,
Ramenaient le sourire, en éloignant les pleurs ;
Des arbres abattus, ou d'énormes racines,
Formaient des ponts jetés à travers les ravines :
Elles semaient sur nous leur poussière d'argent,
Où jouait du soleil l'éclat vif et changeant !

[1] Bananier sauvage.

8.

Ainsi nous parcourions la forêt des bains jaunes [1],
Plus lestes, dans le bois, qu'une troupe de Faunes !
Devant nous s'arrondit un limpide bassin ;
Son onde sulfureuse échappe à la montage ;
Tiède et pure elle invite à plonger dans son sein ;
On s'y délasse après une longue campagne [2] !
Chacun s'est revêtu de costumes nouveaux,
Et s'élance avec joie aux transparentes eaux ;
Le cristal s'embellit d'écume et de globules ;
Le bain pris, on accourt se vêtir aux cellules,
Nids creusés dans le tronc d'orgueilleux acomats ;
C'est l'heure de manger sous les grands ajoupas ;
Le déjeuner se fait à moitié de la course ;
Un champêtre repas n'admet point le couvert ;
Les mets sont étendus sur un frais tapis vert ;
On mange avec les doigts et l'on boit à la source !...

En route ! Il faut gravir le morne Goyavier [3] ;
Le guide, allègre et prompt, indique le sentier.
Rocs sombres et pointus, racines soulevées,
Détachent, au hasard, leurs marches élevées ;
Le pied cherche un appui, la main, pour s'accrocher,
Saisit tantôt la branche et tantôt le rocher ;
Jusqu'au bout, le sentier, d'escarpements prodigue,
De feuillages glissants est partout tapissé ;

[1] C'est ainsi que se nomme la forêt qui conduit à la montagne de la soufrière.
[2] Les touristes ont l'habitude de se baigner dans le bassin.
[3] C'est le morne qui précède le cône de la soufrière.

L'haleine devient courte, on se traîne harassé,
On s'assied sur la mousse, épuisé de fatigue!

J'admirais les grands pas de l'africain géant;
Cet homme avait des pieds à franchir l'océan;
Il semblait se complaire aux obstacles sans nombre.
Nous avancions toujours, nous n'arrivions jamais;
Les arbres se changeaient en arbustes sans ombre [1];
Mais un parfum de soufre annonce les sommets;
Le grand cône est à pic; il n'a point de branchages;
Les mains ont, pour s'aider, des ananas sauvages;
L'aride mont s'anime à leurs rouges plumets.
Le ciel est noir, la brume enveloppe l'espace,
Et l'œil, sans horizon, du sentier perd la trace.

Nous reprenons le souffle à moitié du versant;
Mais le spectacle change; il est éblouissant!
Un rayon d'or découvre une étendue immense
De campagne et de mer, dans leur magnificence.
Maître! j'étais muet en face du tableau;
Mes yeux étaient fixés sur la terre et sur l'eau!
A côté des forêts se déploient les savanes;
A des caliers succède un océan de cannes;
Des cases se groupaient aux habitations;
Mille couleurs jouaient dans les plantations;
Les mornes dessinaient leurs pentes successives;

---

[1] A mesure qu'on approche du volcan les arbres deviennent
rabougris et puis la végétation disparaît à peu près complète-
ment.

Les sources vers la mer transportent leur eaux vives ;
Et la mer promenait sa ceinture d'argent,
Aux contours sinueux formés par le rivage ;
Une blanche cité [1], sur le bord s'allongeant,
Semblait enveloppée en un nid de feuillage ;
Le grand miroir liquide étincelait de feux ;
Des navires ouvrant leurs voiles à la brise,
Majestueusement sillonnent les flots bleus ;
L'horizon se perdait dans la brume indécise !...

Nous voici parvenus au faîte du volcan ;
Un vent glacial siffle et coupe nos visages ;
Le tropique embrasé connaît aussi l'autan !...
Que la tempête éclate... au-dessus des orages,
Comme Dieu nous marchons sur la foudre et l'éclair [2] !
Le guide nous conduit à la porte d'Enfer [3] ;
Deux rochers se courbaient, en approchant leurs cimes ;
Ils étaient tapissés d'algues comme la mer !
Sur un pont naturel, jeté sur deux abîmes,
Nous passons, mais troublés de vertige et de peur ;
Un sifflement aigu, semblable à la vapeur,
Retentit... Écoutons... C'est le sol qui respire ;
Et le soufre jaillit du ténébreux empire !

[1] La Basse-Terre.
[2] Pendant longtemps nous eûmes en effet les nuages sous les pieds.
[3] On nomme ainsi une ouverture placée entre deux énormes rochers.

Ma pensée a conçu l'image du chaos,
A l'aspect menaçant de ces roches géantes,
Au spectacle hideux des cavernes béantes ;
Ainsi naquit le monde, en s'élançant des flots,
Et l'immense désordre enfanta l'harmonie ;
La terre prit sa forme et sa grâce infinie ;
Le sol nu s'est paré de fleurs et de gazons,
Et sur la cendre éteinte ont mûri les moissons !

En ces lieux le chaos toujours se renouvelle ;
Chaque siècle l'amas des débris s'amoncelle ;
L'édifice est construit d'éclats tumultueux ;
Plus le tableau grandit, plus il est monstrueux ;
La montagne jamais ne prend la verte robe,
Dont s'embellit ailleurs la surface du globe.

On se sent isolé sur ce plateau désert,
Dans cette solitude où n'habite personne,
Où l'ouragan se plaint, où le océan résonne...
Mon âme, tout émue, écoute ce concert ;
Puis le trouble, un moment, se dissipe et s'efface ;
L'esprit, dans le danger, aime à priser l'audace ;
Je voudrais pénétrer dans le noir souterrain,
En sonder tour à tour l'horreur et mystère ;
Tout à coup, sous mes pieds, tressa le terrain...
Je rêve éruptions et tremblements de terre !...

Mais le soleil décline à l'horizon des mers,
Et change en tapis d'or son lit de flots amers ;

C'est l'heure du retour... Adieu, sombre montagne,
Que la tristesse emplit, que l'horreur accompagne,
Si jamais, las de tout, du monde, des humains,
Misanthrope inquiet, j'avais soif de silence,
J'irais chercher en toi la solitude immense!...
Sentir que rien n'enchaîne et son âme et ses mains;
S'enivrer à loisir de liberté sauvage;
Parmi les rochers noirs s'égarer à grands pas;
Confier aux échos un libre et fier langage,
Quel bonheur! L'homme est loin, l'homme ne m'entend pas.
Je pourrais me plonger tout entier dans mes songes,
Ouïr le bruit du vent et non plus des mensonges;
Choisir, au dernier jour, l'abîme pour tombeau;
Et dormir ignoré sous cet âpre plateau!...

C'est l'heure du retour... nous glissons sur la pente
De l'onduleux sentier qui court et qui serpente;
Nous voici sous ton ombre imposante forêt!...
L'astre éclatant du jour, par degré disparaît;
Mais avant de s'éteindre, il brille, il étincelle;
Sur la mobile branche un doux rayon ruisselle,
Et l'arbre s'enveloppe en un feuillage d'or;
A travers les rameaux, d'éblouissantes gerbes,
Animent tour à tour les lianes, les herbes;
La vive clarté meurt, scintille et meurt encor;
Longtemps ombre et soleil se disputent la place;
L'ombre victorieuse est reine de l'espace;
Déjà tintent les cris des insectes du soir;
Déjà la mouche à feu bourdonne, ouvre son aile;

Dans le sein des forêts, c'est l'heure solennelle!...
Faut-il rester debout, s'agenouiller, s'asseoir?...
De vive émotion m'emplissent ces colosses!...
A genoux!... Le spectacle est grand, religieux!
Caraïbe, Africain, qui dormez dans les fosses,
Ce tableau gigantesque avait frappé vos yeux!
Ces géants vous semblaient animés par des charmes;
Leurs refrains éternels vous pénétraient d'alarmes!...
De la création, il faut bénir le roi!
Son œuvre doit surprendre et non causer l'effroi!
Vieille forêt, où peut remonter ta naissance?...
Sans doute à l'âge d'or, à l'âge d'innocence;
Tout paraît vierge en toi : ta grandeur, ta beauté;
Le chant de tes oiseaux, et ta fécondité;
Tu vis, sur l'horizon, percer brillante et vive,
La première clarté de l'aube primitive;
Elle vint t'embellir d'un beau scintillement;
Sur ton front s'étendit le premier firmament;
Tu sentis la fraîcheur de la première source,
Murmurant à tes pieds, bondissant dans sa course;
Jeune dans le présent, comme dans le passé,
Ton éclat d'autrefois ne s'est point effacé;
Ta sainte majesté toujours se renouvelle;
L'homme à ton aspect songe; en toi Dieu se révèle!...

Sous la voûte soudain retentit une voix;
Les sonores échos répondent dans le bois;
Je frissonne un instant... c'était la voix du guide;
Je repris le sentier, d'une marche rapide;

L'esprit moins absorbé, je me sentis plus seul ;
La forêt m'enlaçait d'un immense linceul ;
J'aspirais haletant l'air tiède du tropique ;
La lune se levait triste et mélancolique ;
Et ses pâles reflets, par franges s'allongeant,
Etendaient sur chaque arbre une écharpe d'argent.
Je rejoignis la troupe aux abords de la case ;
On brûle d'arriver, souhaitant le repos :
Nous étions au départ si joyeux, si dispos ;
Mais la gaîté s'enfuit, et la fatigue écrase.
A travers le sommeil je vis forêts, volcans !...
Vous me suivez partout, ô souvenirs si grands !
Vous eussiez inspiré de plus dignes poètes !
Pour vous rendre il fallait d'illustres interprètes !...
Dans mes faibles doigts, maître, a tremblé le pinceau ;
Oubliez le crayon ; admirez le tableau !...

Guadeloupe, septembre 1860.

# L'ILE AUX COCOTIERS

## XXII

## L'ILE AUX COCOTIERS

Nid formé par les coquillages,
Perle éclose au sein des mers :
Ilot battu des flots amers,
Orné de sablonneux rivages.

En butte aux coups des vents altiers
Sur les ondes tu te dessines,
Embaumé de plantes marines,
Embelli par tes cocotiers.

Devant toi s'étale avec grâce
La cité créole, et les eaux
Où resplendissent ses vaisseaux...
Ceinture dont elle s'enlace.

Tu vois sans cesse louvoyer
Beaux trois-mâts, bricks et goëlettes ;
Tu vois, en ailes de mouettes,
Leur voilure se déployer.

A tes bords opposés, les lames
Brisent sur un banc de récifs,
Qu'évitent les nochers craintifs,
La voile au vent, les mains aux rames.

Plus loin, comme un splendide mur,
Au-dessus des vastes campagnes,
Se dressent les fières montagnes ;
Ondulant sur un fond d'azur.

Parfois les vagues sont farouches,
Mais tout rayonne dans ton sein ;
L'arbre étincelle d'un essaim
De colibris et d'oiseaux-mouches.

Tes petits bois de raisiniers
Cachent les nids des tourterelles :
La brise, aux notes éternelles,
Chante à travers tes bananiers.

Amants des fleurs, dans tes savanes,
Que de papillons radieux,
Nourris de sucs délicieux,
Ouvrent leurs ailes diaphanes.

Le hallier, de ses profondeurs,
Fait monter les parfums suaves
Du petit-baume et des goyaves,
Toujours prodigues de senteurs.

Dans tes bassins que d'algues fines ;
Sur tes récifs que de pluviers ;
L'eau baigne tes palétuviers,
L'huître s'attache à leurs racines.

Tes manguiers, riches de fruits d'or,
Dessinent une longue allée ;
A ses deux bouts, sous la feuillée,
C'est la mer... et la mer encor.

J'ai visité ton cimetière,
Ceint de bambous, de cocotiers ;
Lauriers-roses, frangipaniers,
Sèment leurs fleurs sur chaque pierre.

C'est un paradis pour les morts...
Pour eux la branche a des romances ;
Pour eux la voix des mers immenses,
Entonne de graves accords.

Ces chants ont pour moi des tristesses...
Ils s'emplissent d'un souvenir !
Ah ! ne pouvez-vous revenir,
Objets de mes vives tendresses ?...

Enfant, au refrain de ces eaux,
J'écoutais, sous l'œil de ma mère ;
J'entends toujours la vague amère...
Nulle voix ne sort des tombeaux !

Tes cases vieilles, délabrées,
Se rajeunissent à mes yeux ;
Repeuplez-les, ô mes aïeux!
Ombres chères et révérées !...

Cet air que je respire et sens,
Le fruit que je porte à ma bouche,
Et l'écorce que ma main touche...
Ont fait tressaillir tous mes sens.

Sur le rivage une coquille,
Dans la mer un petit poisson ;
Un nid dans le feuillage, un son
Du charmant oiseau qui scintille ;

Le visage noir et plissé
D'un vieil esclave aujourd'hui libre...
Et le passé dans mon cœur vibre,
Mon cœur de sanglots oppressé !...

Je t'ai revue, ô petite île,
Et le jour vient de te quitter ;
Si les flots voulaient t'emporter,
Tu me suivrais, toujours docile.

Tes grands arbres seraient tes mâts ;
Tes mangliers, comme des rames,
Plongeraient dans les vertes lames ;
Tu saluerais d'autres climats.

« De la mer, est-ce une des filles ? »
Dirait l'Europe en te voyant...
Je répondrais tout rayonnant :
« C'est une perle des Antilles ! »

Mais sur l'onde peux-tu courir ?...
Ton souvenir seul doit me suivre.
Au loin je vais encore vivre ;
Ici je reviendrai mourir !...

Guadeloupe, Ilet à Cosson, le 10 septembre 1860

# LE POISSON-VOLANT

## XXIII

## LE POISSON-VOLANT

Petit poisson, combien est rude
    Ton triste sort!
Toujours te suit l'inquiétude,
    Dans ton essor.

Pourtant Dieu te donna des ailes,
    Comme aux oiseaux;
Tu fends tour à tour avec elles
    L'air et les eaux.

Es-tu le produit de deux races?
    Sous l'eau, dans l'air,
Te poursuivent poissons voraces,
    Oiseaux de mer.

Sous l'onde luit un monstre étrange...
Dans ce danger,
Ta nageoire en aile se change,
Pour voltiger.

Mais l'alcyon aux plumes noires,
Rase le flot...
Tes ailes deviennent nageoires,
Pour fuir sous l'eau.

Soudain la Daurade étincelle,
Et te poursuit;
Mais le requin court après elle,
Et la détruit.

Tu vois engloutir sans le plaindre,
Ton ravisseur;
Mais pour toi-même, il te faut craindre
Ton défenseur.

Poissons, rien ne satisfait guère
Vos appétits;
Toi, pour vivre, tu fais la guerre
Aux plus petits.

Au sein de ces profonds abîmes,
Sous ce miroir,
Chaque instant compte des victimes
Qu'on ne peut voir.

Mais aussi l'éternelle vie
  Jamais ne dort ;
Et l'amour toujours multiplie
  Près de la mort.

Toujours de brillantes écailles,
  De flot en flot,
Malgré les sanglantes batailles,
  Argentent l'eau.

Tu parais prompt comme la flèche,
  En t'envolant ;
Mais quand ton aile se dessèche,
  Tu perds l'élan.

Au frémissement de ces ailes,
  Tendres réseaux,
Je songe aux vertes demoiselles
  Rasant les eaux !

Petit poisson, combien est rude
  Ton triste sort ;
Toujours te suit l'inquiétude.
  Dans ton essor !

En mer, 20 septembre 1850

# EN MER

## XXIV

## EN MER

Nous allons chaque jour vers de nouveaux climats,
Le ciel a moins d'azur au-dessus de nos mâts ;
La brise d'Orient, embaumant les tropiques,
Ne vient plus caresser nos fronts mélancoliques.
Adieu les frais matins et les splendides soirs,
Où les beaux feux du ciel, comme des encensoirs,
Paraissaient suspendus à la voûte sereine !
Le clair miroir n'est plus qu'une fougueuse plaine
Où les flots en courroux luttent contre les flots ;
Le marin ne peut plus s'endormir en repos ;
C'est toi, brise du nord, qui deviens souveraine,
Et les vents alizés n'ont plus pour nous d'haleine,
Je vous regrette, ô vents qui gonflèrent jadis
Les voiles de Colomb, cherchant un paradis,

Une terre nouvelle à travers l'Atlantique !
Je vous regrette, hélas ! ô brises du Tropique !
Mais, ô France, je vais saluer ton vieux sol !
S'il n'a pas l'oiseau-mouche, il a le rossignol :
S'il n'a point l'acajou, la mangue, la goyave,
Il a le doux raisin et là pêche suave ;
Et cette terre sainte, en un coin écarté,
Nourrit une autre plante encor... la liberté !...

En mer, 4 octobre 1860.

LE RETOUR

## XXV

## LE RETOUR

A L'AURORE !

Chaque matin l'aurore
Nous sourit au levant ;
Soufflez, soufflez encore,
O brises d'occident !...

Embellis-toi, belle aube,
De pourpre et de carmin ;
Ton éclatante robe
Nous trace le chemin.

Tous les jours sur nos voiles
O fille du soleil !
Tu sèmes des étoiles ;
Je bénis ton réveil.

Sur le flot qui déferle,
Présage du roulis;
Tu fais luire la perle,
L'étincelant rubis.

Nous lisons l'espérance
Sur ton front souriant:
Tu nous montres la France,
A travers l'orient.

Pourrais-tu nous apprendre
Ce qu'on projette ou dit ?...
Naples est-elle à prendre?
Que fait Garibaldi ?...

La France revient-elle,
Dans toute sa fierté,
Vers sa sœur qui l'appelle...
Tu sais, la liberté !

Dis-nous si l'Angleterre
Augmente ses soldats;
L'Europe, vieille terre,
Rêve-t-elle aux combats?

Dis-nous, brillante aurore !
Toi qui sais et qui vois,
Dis : Aurons-nous encore
La guerre entre les rois ?...

— Tu reverras la France,
Me dit l'astre du jour.
Conserve l'espérance ;
Mais attends le retour[1] !...

En mer, le 25 octobre 1860.

[1] Ce n'est qu'à mon arrivée en France, dans les premiers jours de novembre 1860, que j'appris les événements de Naples. — Quelques jours plus tard paraissait le décret du 24 novembre qui rendait en partie la liberté de discussion au Corps législatif.

FIN

# POÉSIES

EN VENTE À LA LIBRAIRIE ... POUR TOUS ...

---

THÉOPHILE GAUTIER — ... ... ... ... 1 vol.
A. RIMBAUD — ... ... ... ... 1 vol.
... — POÉSIES ... ... ... ... 1 vol.
RONSARD — ... ... ... ... 1 vol.
... — POÉSIES PARISIENNES ... ... 1 vol.
... — ... CHANTS DE ... ... 1 vol.
... — POÉSIES ... ... ... ... 1 vol.
... JOURDAIN — ... ... ... ... 1 vol.
... — ... ... BOUTADES ... ... 1 vol.
CHARLES BAUDELAIRE — LES FLEURS DU MAL, seconde
  édition ... ... ... ... poèmes inédits ...
  ... ... par BRACQUEMOND ... 1 vol.
... — LA GRANDE PINTE, avec ...
  ... ... ... ... seconde édition ...
  ... ... ... ... ... ... 1 vol.
ALPHONSE DAUDET — LA DOUBLE CONVERSION, ... ...
  ... avec un frontispice gravé d'après RACINET 1 vol.
CHARLES ... — RIMES DE PRINTEMPS, avec une lettre
  ... DE LAMARTINE à l'auteur ... ... ... 1 vol.
... — RIMES INÉDITES EN PATOIS PERCHERON,
  recueillies et publiées par Abbé GENTY (traduction franç.
  ... ... ... ... ... ... 1 vol.
JACQUES ... — ... DU MATIN ... ... 1 vol.
... — POÉSIES COMPLÈTES (Poèmes ...
  ... POÉSIES ... ... couronnées par
  ... ... POÉSIES ... ... avec
  ... ... illustré par Louis DUVEAU 1 vol.
... — POÉSIES ... ... ... ... 1 vol.

LIBRAIRIE ...

www.ingramcontent.com/pod-product-compliance
Lightning Source LLC
Chambersburg PA
CBHW070908030726
47504CB00005B/1503